CANON

D'ALARME,

PAR

P. M. L. BAOUR-LORMIAN,

DE L'ACADÉMIE FRANÇAISE.

PARIS.

DELANGLE FRÈRES,

ÉDITEURS-LIBRAIRES,

RUE DU BATTOIR-SAINT-ANDRÉ-DES-ARCS, N. 19.

M DCCC XXIX.

CANON

D'ALARME.

SOUS PRESSE DU MÊME AUTEUR :

Pour paraître le 5 mars ;

Les Nouveaux Martyrs, satire politique;

Pour paraître le 15 mars :

Légendes, Ballades et Fabliaux, 2 vol. in-16, papier vélin d'Annonay satiné, ornés de 25 vignettes d'après les dessins de Devéria.

IMPRIMERIE ET FONDERIE DE G. DOYEN,
RUE SAINT-JACQUES, N. 38.

CANON

D'ALARME,

PAR

P. M. L. Baour-Lormian,

DE L'ACADÉMIE FRANÇAISE.

PARIS.

DELANGLE FRÈRES,
ÉDITEURS-LIBRAIRES,
RUE DU BATTOIR-SAINT-ANDRÉ-DES-ARCS, N. 19.

M DCCC XXIX.

CANON

D'ALARME.

Dieu ! si BOILEAU vivait ! s'il lisait les écrits
Dont CANEL et DUPONT empoisonnent Paris,
Tous ces prônes rimés, ces odes narcotiques,
Ces *inspirations*, ces hymnes érotiques,
Qu'annoncent aux passants les piliers et les murs ;
S'il voyait figurer en des vers lourds et durs
Ces trois têtes de Grecs, par un beau clair de lune
Aux portes du sérail jasant *l'une après l'une* ;
Sans doute on l'entendrait plein d'un juste courroux,
S'écrier : « Le Parnasse est-il peuplé de fous ?
« Les Français parlent-ils l'idiome vendale ?
« O quel débordement ! quel horrible scandale !
— « Vous que j'ai tant raillés BONNECORSE, PRADON,

« Colletet, Chapelain, cent fois, cent fois pardon !

« Comparés aux Hugo couverts de triples voiles,

« Aux nébuleux Deschamps, vous seriez des étoiles.

« Aux énigmes long-temps serons-nous condamnés ?

« Ah parbleu l'on verra si des Cotins mort-nés

« Nous vendront pour du neuf leurs vieilles friperies ;

« C'est assez de brouillards, assez de rêveries ;

« Du papier... » Et soudain, à grands flots jaillissant,

Les vers ingénieux proverbes en naissant,

Les tours vifs et piquants avoués par Minerve,

Et les bons mots, trésors d'une maligne verve,

Des *Penseurs* encombrant notre Parnasse en deuil,

Auraient éternisé la démence et l'orgueil.

Mais Boileau ne vit plus que par sa renommée !

Dans la tombe, avec lui, la Satire enfermée

Ne vient plus châtier de burlesques travers :

Avec impunité les Hugo font des vers.

Moi seul, faible écolier du régent du Parnasse,

Et de bien loin suivant sa glorieuse trace,

On m'a vu jeune encore, et d'un bras vigoureux,

Défier des rivaux, certes, plus dangereux :

Et quelques-uns d'entre eux d'une main prompte et sûre

Me rendirent souvent blessure pour blessure.

Si je sifflai Lebrun, par lui je fus sifflé :

Chénier, comme un ballon d'amour propre gonflé *,

Houspilla de mes vers l'incohérente prose.

A ce combat du moins je gagnais quelque chose,

Et les traits, les brocards, lancés contre mon nom,

Lui valurent dès-lors un modeste renom.

Mais contre des Rêveurs au patois littéraire...

Ah sans être accusé d'un orgueil téméraire,

Comme un autre Nestor, je puis leur dire à tous :

« J'ai combattu des gens qui valaient mieux que vous. »

D'ailleurs Chénier, Lebrun, d'une force éprouvée,

M'attaquaient au grand jour, la visière levée ;

---

* En rappelant ici mes anciennes discussions avec M. J. Chénier, je suis loin, comme on le voit, de le rapprocher de mes nouveaux adversaires. Chez lui du moins un grand amour-propre trouvait son excuse dans un grand talent.

Et les Ronsards déchus que ma gaieté poursuit,
Cherchant des feuilletons l'impénétrable nuit,
Derrière ces remparts de gothique structure,
Se blotissent honteux de leur mésaventure.
Si d'autres plus vaillants, d'un masque officieux,
Dépouillent l'artifice, et s'offrent à mes yeux,
Il semble que l'excès d'une stupide rage,
Ait métamorphosé leurs traits et leur langage ;
Il semble à les ouïr, grognant sur mon chemin,
Qu'ils ont vu de Circé la baguette en ma main...

Modérez, dira-t-on, ce feu qui vous transporte.
Pourquoi sans nul motif guerroyer de la sorte ?
Ceux que vous poursuivez, dans un profond oubli,
Dorment avec Deschamps naguère enseveli.
Et fussent-ils vivants, quel espoir est le vôtre ?
Des préceptes du goût, infatigable apôtre,
Pensez-vous les contraindre à s'avouer vaincus ?
De leur omnipotence ils sont trop convaincus ;
Laissez-donc, au mépris de vos dogmes antiques,

Déraisonner en paix ces pauvres Romantiques.

Vouloir les convertir est une étrange erreur;

Et comme ce curé, qui, toujours en fureur,

Bien qu'à tout le hameau la porte fût ouverte,

Ne sermonait que lui dans l'église déserte,

Vous prêchez pour vous seul; ah! bien d'autres débats

Nous rendent étrangers à vos petits combats.

Ils ne sont plus ces temps où la cour et la ville

Se pâmaient aux *flonflons* d'un simple vaudeville,

Où le vieil almanach, enfant de SAUTEREAU,

Charmait dans son castel le moindre hobereau.

Les rentes, le budget, s'il faut qu'on vous le dise,

Les deux chambres, la grande et la petite Église,

La loi municipale et les fameux procès

Ne venaient point alors dévorer un succès.

Le Siècle est positif, c'est un mal incurable;

Il n'est plus maintenant de prestige durable;

Même du *Maëstro* le triomphe a cessé;

Le cours de ses effets sur la place a baissé;

Et parfois, ses tambours, ses clairons, ses trombones,

Ne font à l'Opéra trembler que les colonnes.

De nos frivoles goûts désormais affranchis,

Nous sommes devenus graves et réfléchis.

Nous voulons que l'on pense, et qu'à son ministère

Chaque poète imprime un noble caractère ;

Que son style à-la-fois et concis et nerveux,

Interprète éloquent de nos droits, de nos vœux,

Éclaire les abus, et dans l'âge où nous sommes

Gourmande sans pitié les actes et les hommes.

Tels on vit autrefois PÉTRONE et JUVÉNAL

De la haute satire allumant le fanal,

Les yeux toujours ouverts sur la ville éternelle

Au sein de ses remparts veiller en sentinelle.

Au Crime tout honteux de sa difformité

Sans crainte ils arrachaient son masque ensanglanté ;

Abrutis par l'excès de la débauche immonde

Les lâches oppresseurs de la Reine du monde,

De licteurs entourés, frémissaient devant eux,

Et leur Muse tonnait en l'absence des dieux.

Que la vôtre à son tour étendant son domaine
Ressuscite pour nous la satire romaine,
Et d'un vers intrépide... — Halte-là ! s'il vous plaît ;
Je sens qu'un tel emploi n'est pas du tout mon fait.
Qu'une jeunesse ardente et de bruit affamée,
En de pareils assauts cherche la renommée
Et de nos deux Gilberts * ose suivre les pas ;
Le ciel en soit loué ! pour moi je ne veux pas
Que DE BROÉ, lançant un long réquisitoire,
Avec le tribunal brouille mon écritoire,
Toujours prêt à braver n'importe quel journal,
Je pâlis et frissonne au nom de tribunal.
Grâce à mes soins prudents, je sors, rien ne m'alarme ;
Je passe fièrement à côté d'un gendarme,
Et les vers innocents de ma cervelle éclos,
Des ministres jamais n'ont troublé le repos.

D'ailleurs, si désertant la cause des poètes,

* MM. Méry et Barthélemy.

Je courais me ranger parmi tous ces athlètes,

Dont le bras redoutable et les efforts constants

Combattent pour nos droits méconnus si long-temps,

De mon faible secours que pourraient-ils attendre ?

Lorsque seuls au triomphe ils ont droit de prétendre,

Et sans force et sans but à quoi bon leur crier :

« Allons ferme, messieurs, ferme, point de quartier;

« Le hideux Fanatisme au front ceint de couleuvres,

« Dans l'ombre ose tramer de perfides manœuvres ;

« L'Ignorance, l'Orgueil, retranchés dans leurs forts,

« S'apprêtent sourdement à redoubler d'efforts.

« De ses honteux liens que la Presse affranchie

« S'arme en faveur des lois et de la monarchie.

« Il est temps que la Charte, objet de tous nos vœux,

« Cette Charte léguée à nos derniers neveux,

« Ne soit plus un vain mot qui frappe nos oreilles :

« Sous son règne prospère et fécond en merveilles,

« Nous verrons s'affermir l'auguste Liberté ;

« Et le triple Pouvoir fort de son unité,

« De ses trop longs débats étouffant la mémoire,

15

« Rendre à la belle France et son rang et sa gloire.

« Honneur, respect, amour à notre Souverain ;

« Qu'il vive, qu'il triomphe, et qu'on entende enfin

« Mourir dans les transports de l'ivresse publique

« Les derniers sifflements de l'hydre fanatique ! »

Je pourrais en ces mots, sans doute, m'exprimer ;

Quand le zèle s'éteint on doit le rallumer.

Mais ici ma harangue est fort peu nécessaire ;

Et puis je conviendrai, s'il faut être sincère,

Que le champ politique est sans attraits pour moi.

Je me borne à chasser du Parnasse en émoi

Un petit bataillon de rimailleurs barbares,

Qui pensent être neufs et ne sont que bizarres ;

Chapelains d'un faubourg dont le cerveau timbré

Confond tout, brouille tout, et veut bon gré mal gré

Parmi nous introduire une langue sanscrite.

Dans ce cadre borné ma Muse circonscrite

D'avance, je le sais, aura peu de lecteurs ;

Jamais les avoués, jamais les auditeurs

Au milieu des papiers que leur loupe examine,
Ni les juges fourrés d'écarlate et d'hermine,
Et les agents de change et les courtiers marrons,
Ni les nouveaux marquis, les comtes, les barons,
Fiers de leurs parchemins payés au sceau des titres,
Ne daigneront placer mes vers sur leurs pupitres.
Mais fort heureusement pour la cause de l'art,
Dans les murs de Paris il est un peuple à part;
Un peuple connaisseur dont l'active pensée,
Au maintien du bon goût se montre intéressée;
L'étude, le travail, voilà ses vrais plaisirs;
Il ne s'informe pas dans ses doctes loisirs,
Si, de lord WELLINGTON le nouveau ministère,
De la mort de CANNING console l'Angleterre,
Ou si de DON MIGUEL appuyant les desseins
Ont tonné sur les mers des canons assassins;
Pour lui la politique est un obscur grimoire;
De vers mélodieux il remplit sa mémoire.
Il aime à comparer dans quatorze journaux,
L'avis de tel ou tel sur les écrits nouveaux;

Et comme en un creuset, l'or faux, l'or véritable

Se séparent au gré de son goût équitable.

Son jugement alors, par la raison dicté,

Devance les arrêts de la postérité ;

Et, malgré les partis toujours franc, toujours calme,

Décerne avec lenteur ou refuse la palme.

C'est pour lui que j'écris ; prompt à m'encourager

Dans la lutte nouvelle où *j'ose* m'engager,

Il m'offre le secours de ses vœux, de sa plume,

Et son courroux classique à mon courroux s'allume.

Eh ! comment, en effet, ne pas hausser le ton,

Quand des illuminés promis à Charenton

Osent naïvement nous déclarer eux-mêmes

Que l'art sacré des vers date de leurs problèmes.

Ah ! si le Ridicule, armé de traits aigus,

Ne frappe sans pitié ces penseurs ambigus,

Le désordre s'accroît et n'a plus de limites :

Nous verrons les héros transformés en ermites,

En vils coupe-jarrets, en vampires affreux,

Échappés tout sanglants des manoirs ténébreux,
Sur la scène française à jamais avilie
Hurler leur désespoir ou leur mélancolie ;
Dans un genre bâtard nous verrons tour-à-tour
Les genres consacrés se perdre sans retour ;
Les immortelles Sœurs, ainsi que des Bacchantes,
L'œil ardent, le front ceint de lierres et d'acanthes,
Sous le poids de l'ivresse exhaler en hoquets
Des vers sans nom, sans forme, et dignes des laquais.
Il faudrait avant peu qu'un professeur en chaire,
Nouveau Champollion, déchiffrant la grammaire,
Aidé de ce vieux texte, expliquât dans Paris,
Et Racine et Voltaire en langue morte écrits.
Ce n'est pas tout encor. Juste ciel ! des deux Chambres
Au milieu des débats on entendrait les membres,
En cinq ou six jargons bizarrement mêlés,
Demander la clôture à grands cris redoublés.

Ne me dites donc plus qu'un danger chimérique
Allume sans raison ma bile satirique,

Que je pousse au hasard d'importunes clameurs.
A la chute du goût tient la chute des mœurs.
Oui, le péril existe, on ne peut s'y méprendre,
Et le plus incrédule est contraint à se rendre :
Aux maîtres de la lyre on dispute leurs droits;
De leur antique pourpre on dépouille ces rois;
Jusque dans leur palais leur gloire est menacée.
J'ai fait ce que j'ai dû. Sentinelle avancée,
J'ai donné le signal; et puissent mes lecteurs
Poursuivre ainsi que moi tous ces usurpateurs;
Qu'aux accents de nos voix, tout se lève, tout marche !
En bataillon sacré veillons autour de l'arche;
Montrons à l'ennemi qui nous serre de près
Un front tout hérissé de pointes et de traits.

Oui, ces nains rimailleurs que je devais proscrire
Écriront en français ou cesseront d'écrire :
C'est un point résolu; je n'en démordrai pas.
Armé du fouet vengeur je m'attache à leurs pas.
Ont-ils quelques moyens de me fermer la bouche?

En vain du moindre *Mot* leur orgueil s'effarouche.

Tous les confédérés sur moi criant haro,

En vain se ligueraient avec le *Figaro;*

G. N., protégé par ses initiales,

En vain se pâmerait sur les *Orientales;*

Tous leurs petits journaux ensemble déchaînés

En vain soulèveraient leurs trois cents abonnés;

En dépit des frondeurs, je remplirai ma tâche.

Je veux les harceler sans trève, sans relâche:

Dès qu'une autre DESCHAMPS osera de nouveau

Lancer un logogryphe, enfant de son cerveau,

Et nous entretenir dans l'obscur idiome

Que le peuple crédule attribue au fantôme,

Je veux que sous mes traits il périsse accablé;

Que GOSSELIN lui-même, interdit et troublé,

Maudisse le moment où son mauvais génie

De payer ce fatras lui souffla la manie;

Et dans son magasin contemple en pâlissant

Tout HUGO satiné par les bords moisissant.

Je veux que le public, dupe d'un stratagème,

D'une trop longue erreur se confesse lui-même,
Et de sa propre main brûle en *auto-da-fé*
Le galimatias dont il s'était coiffé.

Jusqu'à ce jour prochain je reste sous les armes :
Debout, la lance au poing, je veux, exempt d'alarmes,
Des classiques trésors surveiller le dépôt.
Avant que j'y renonce, ah ! l'on verrait plutôt
La Charte à Metternich offerte en sacrifice ;
Étienne familier d'un autre Saint-Office ;
Genoude et Montlosier se tenant par la main ;
Fraissynous et Feutrier sur le même chemin ;
Le *Mercure* abjurer sa nullité profonde ;
Le grand nom de Deschamps faire le tour du monde ;
Larrey de quelque bourg devenu le frater ;
La Mennais sans témoins récitant le *pater ;*
Sur nos trente journaux la hideuse Censure
De ses dents à loisir imprimer la morsure ;
Loyola renversant l'édifice des lois,
Et Villèle ministre une seconde fois.

Publications nouvelles.

OEUVRES COMPLÈTES DE LORD BYRON; 20 volumes in-18,
papier vélin. Prix. . . . . 80 fr.

EXAMEN CRITIQUE DES DICTIONNAIRES, par Charles Nodier; 1 vol. in-8. . . . . 7 fr.

DICTIONNAIRE DES ONOMATOPÉES, par Charles Nodier;
1 vol. in-8. . . . . 7 fr.

POÉSIES DIVERSES de Charles Nodier; 1 vol. in-16. . . 4 fr.

POÉSIES DE MADAME DÉSORMERY; 1 vol. in-16. . . . 5 fr.

DURANTI, ou la Ligue en province, par M. Baour-Lormian;
4 vol. in-12. . . . . 12 fr.

LA FILLE DU LIBRAIRE, par Hippolyte Bonnellier; 2 volumes
in-12. . . . . 6 fr.

OEUVRES CHOISIES DE PARNY; 1 vol. in-24. . . . . . . 5 fr.

LA MULÉIDE, Réponse à M. Viennet. . . . . 2 fr.

Sous presse.

HISTOIRE GÉNÉRALE D'ÉCOSSE, depuis l'invasion des Romains
jusqu'à nos jours, extraite des chroniqueurs et des auteurs contem-
porains; 10 vol. in-8. . . . . 70 fr.

Le Prospectus de cet important ouvrage paraîtra incessamment.

HISTOIRE DE FRANCE, à l'usage de la jeunesse, par madame
Amable Tastu; 2 volumes in-16, ornés des portraits des rois de
France, gravés sur bois d'après les dessins de Devéria... 10 fr.

LÉGENDES, BALLADES ET FABLIAUX, par M. Baour-Lormian;
2 vol. in-16, papier vélin, ornés de 25 vignettes gravées sur
bois d'après les dessins de Devéria. . . . . 12 fr.

HISTOIRE DU ROI DE BOHÊME et de ses sept châteaux, par
Charles Nodier; 1 vol. in-8, enrichi de vignettes gravées sur bois
d'après les dessins de Tonny Johannot. . . . . 10 fr.

VIE, POÉSIES ET PENSÉES, de Joseph Delorme 1 volume
in-16. . . . . 5 fr.

OEUVRES DIVERSES DE J.-N.-M. DEGUERLE; 1 volume
in-8. . . . . 7 fr.

MÉMOIRES SUR FRANÇOIS DE NEUFCHATEAU; 1 vol. in-8. 7 fr.

LES MASSACRES de septembre 1792; scènes historiques; 1 vol.
in-8. . . . . 7 fr.

PARIS.—IMPRIMERIE ET FONDERIE DE G. DOYEN, RUE SAINT-JACQUES, N. 38.